ALBERT DE NEUVILLE

EN VENTE A LA LIBRAIRIE CH. BOSSE,

18, Rue de l'Ancienne-Comédie.

PARIS

MCMXXI

ÉPIGRAMMES A LA JAPONAISE

Albert de Neuville

EPIGRAMMES

A LA

JAPONAISE

En vente a la Librairie Ch. Bosse,
18, Rue de l'Ancienne-Comédie.
PARIS

MCMXXI

Cet ouvrage a été tiré à 300 exemplaires numérotés,
sur papier vergé anglais.

EXEMPLAIRE N° **3**

DÉDICACE

(D'après un distique d'Oumara, poète persan du Xme siècle)

Ces poèmes te sont offerts;
Je voudrais m'y cacher moi-même
Pour baiser les lèvres que j'aime,
Chaque fois que tu dis mes vers.

ÉPIGRAMMES A LA JAPONAISE

Les alouettes. I.

O voix qui grisollez,
En réveillant les campagnes muettes,
Vous remplissez mon cœur des lais et virelais
De cent mille alouettes !

Confetti. II.

O joie !
L'hiver est parti ;
Le pêcher en fleur m'envoie
Des confetti.

Le papillon (1). III.

Tombé dans le sillon,
Le pétale d'une fleur blanche
Se ranime soudain, et remonte à sa branche...
Ah ! c'est un papillon !

(1) Les chiffres en caractère arabe renvoient aux textes qui ont servi d'inspiration, énumérés à la fin de ce recueil.

Pluie d'Avril. IV.

Il pleut, il pleut. Irai-je
Sous le pommier fleuri ?
Mais voilà que dans cet abri,
Il neige, il neige.

Les lilas. V.

O toi, qui t'en allas,
Tu reviens dans la brise
Que m'apporte l'exquise
Odeur des lilas.

Les violettes (1). VI.

Il est temps de quitter ce bois
Où je suis depuis l'aurore.
Les violettes, chaque fois,
Me disent : Pas encore.

Les muguets. VII.

Muguets, sortis de vos cachettes,
Épanouis,
Il me semble que j'ouïs
Le tintement de vos clochettes.

L'aubépine. VIII.

De grâce toute française,
L'aubépine en floraison
Met sur le tapis du gazon
Une corbeille Louis Seize.

Le magnolia. IX.

Sûrement
Le magnolia fête un personnage illustre;
Voyez, quel déploiement
De lampes à son lustre!

Les boutons d'or. X.

Le soleil a pris son essor,
Et laisse échapper des gouttes,
Qui, dans les prés, se changent toutes
En boutons d'or.

Les marronniers. XI.

Parés de vert, de blanc, de rose et de cinabre,
Tout frais et printaniers
Vous tendez, ô marronniers
Candélabre sur candélabre.

Le tremble. XII.

Le tremble, aux baisers de la brise
Tremblotant,
Déploie à chaque instant
Sa robe verte, et puis sa robe grise.

La coccinelle. XIII.

Quel bijou donner à ma belle?
Dit le Printemps qui te voit
Et qui pare ton petit doigt
D'une coccinelle.

La campanule. XIV.

Gaîment, la campanule
Rayonne de sa goutte d'eau,
Perle minuscule
Dont l'aurore lui fit cadeau.

Les liserons. XV.

Dansez le ballet,
Liserons à jupe blanche,
C'est l'heure, où sous la lune au vaporeux reflet,
Philoméla s'épanche.

Le bourdon. XVI.

Pénétrant d'un calice à l'autre,
Du rose au brun, du jaune au blanc,
Le bourdon s'en va, grommelant
Une patenôtre.

Pluie dans le tonneau. XVII.

Il pleut. Dans le tonneau
Au tambourinement de l'eau,
Dansent et s'élèvent les piques
Des cavaliers aquatiques.

Les escargots. XVIII.

La pluie est terminée,
Traversant les chemins, partout des escargots,
La maison sur le dos,
Rampent vers leur destinée.

Les lombrics. XIX.

Ils ont, sur la route
Encore humide toute,
Tracé les lignes d'un plan,
Les lombrics en se déroulant.

Le crapaud (3). XX.

Vieux, sordide, mais instruit,
Le crapaud méditant dans son obscur réduit,
De temps en temps lance avec phlegme
Un apophtegme.

La glycine. XXI.

La grappe de glycine où s'amuse le vent,
Frôlant la vitre et s'esquivant,
Tous les matins, dans mon alcôve
Me lance un bonjour mauve.

L'hôtellerie (4). XXII.

La nuit me surprend,
Mais au fond de la prairie,
Voici l'hôtellerie :
Un pommier odorant.

La giroflée. XXIII.

Des savants comme elle a ri,
La folle giroflée,
Lorsqu'ils vous l'ont appelée :
« Cheiranthus chéiri » !

Le petit canard (5). XXIV.

Le petit canard tintamarre
Tout fier
D'avoir vu le fond de la mer ;
C'est ainsi qu'il prononce mare.

La colombe. XXV.

Colombe mignonne,
Qu'avec raison l'on te chérit !
Tu mets d'accord, en ta personne,
Vénus et le Saint-Esprit.

Le paon (6). XXVI.

Couvert de bijoux,
Comme un rajah que l'on marie,
Le paon attend l'épouse, croyons-nous,
Mais c'est après Léon qu'il crie.

La queue du paon (7). XXVII.

O paon, ta queue étincelle
De joyaux si précieux,
Qu'elle conserve de grands yeux
N'ayant pu se détacher d'elle.

Le cygne. XXVIII.

Le cygne au long col incurvé,
Au fond de l'onde
Quel poème a-t-il trouvé ?
Un ver immonde.

Les deux canards. XXIX.

Coin, coin, je reste dans mon coin,
Dit le canard domestique
Au canard sauvage qui pique
Au loin, au loin.

La poule qui pond. XXX.

Comme il nous scie
Ce péan éperdu !
Tous les matins, c'est le Messie.
Que la poule a pondu.

La poule au ver. XXXI.

Toutes ses sœurs piaillant derrière elle,
Court la poule avec
La frétillante ficelle
D'un ver au bec.

La pie. **XXXII.**

Que fais-tu ? Que fait-on ?
Madame la pie
D'arbre en arbre nous épie,
Inspectrice du canton.

La mésange. **XXXIII.**

Il faut, chante la mésange
Sur l'arbrisseau,
Que je mange, mange, mange
Un vermisseau.

L'âne. **XXXIV.**

Il suffit d'une bête :
Un âne qui brait aux champs,
Pour qu'on n'entende plus les chants,
Des oiseaux en fête.

La rainette. **XXXV.**

Le cri monotone que jette
La rainette à la
Rainette,
Tout ce long soir, je n'entends que cela.

Le moustique. XXXVI.

Comme malgré son fifre aux belliqueux transports,
Je baille et peu à peu m'endors,
En poète incompris, il se fâche et me pique,
Le moustique.

L'hirondelle. XXXVII.

De son gazouillis plein de volubilité,
L'hirondelle
Hors du lit m'appelle,
En ce clair matin d'été.

La clématite (8). XXXVIII.

J'admets que je suis laid,
Mais à la clématite
Qui grimpe au seuil de mon chalet,
Ne peux-tu pas faire visite ?

La branche de glycine (9). XXXIX.

O cette branche de glycine
Tout enroulée à la corde du puits !
Vraiment, je ne puis
Chercher de l'eau qu'à la source voisine.

L'épouvantail. XL.

Volons là-haut; nous trouverons
De délicieuses guignes,
Gazouillent les moineaux lurons;
L'épouvantail nous fait des signes.

Billets doux. XLI.

Volez, tournez, poursuivez-vous,
Papillons de neige,
Joli manège
De billets doux.

Papillon et rose. XLII.

Deux mots à la rose,
Dit, en voletant,
Le papillon qui s'y pose
Un instant.

Fleurs et papillons. XLIII.

Fleurs et papillons, aux couleurs
Si bien entremêlées,
Êtes-vous papillons et fleurs,
Ou faïences bariolées?

Les cousins. XLIV.

O le joli ballet que danse
Le chœur des cousins au soleil couchant!
Se dispersant, se rapprochant,
Points fugitifs, tourbillon dense.

Le pissenlit. XLV.

Une aigrette encore, se sauve!
Aussi quelle amertume on lit
Sur la tête du pissenlit
De plus en plus chauve.

La mouche verte. XLVI.

Ta robe aux reflets irisés,
O mouche sans vergogne,
Tu l'obtins par des baisers
A la charogne.

Le carabe doré. XLVII.

Dans mes doigts empêtré,
Vite, il appelle à la rescousse
Son odeur de fille rousse,
Le carabe doré.

La guêpe. XLVIII.

Nous voilà donc
Sous la tonnelle parfumée,
Seuls, ô ma bien-aimée !
— Pardon, dit la guêpe, pardon.

Mouche d'orage. XLIX.

De nouveau
La voilà sur mon crane,
Cette mouche qui me damne,
Et qui fera venir l'araignée au cerveau !

Les bousiers. L.

Du four
Va nous tomber une tarte superbe,
Disent les bousiers autour
De la vache qui broute l'herbe

Le hanneton. LI.

Le hanneton s'est envolé
En disant : Crotte !
La chose est sur la menotte
De l'enfant désolé.

L'émerillon. LII.

Déjà toute meurtrie,
La perdrix rase le sillon,
Quand plane et crie
L'émerillon.

Les clarines. LIII.

Par tout le val en mouvement,
Vous vous en allez, rythmant
Le festin des vaches lentes,
O clarines brimbalantes.

Le berger et la bergère. LIV.

O bergère, dis-tu, sur un ton lamentable,
O bergère, tu m'oubliras.
— Berger, je le voudrais, je ne le pourrais pas :
Je vais trop souvent à l'étable.

Aboîments. LV.

Sous le nocturne dôme aux astérisques d'or,
Ils échangent de ferme à ferme
Des aboîments sans terme,
Lion, Sultan, Médor.

Un air de Grieg. LVI.

Un air de Grieg, ce me semble,
Sous le feuillage en arceau ;
C'est la fauvette et le ruisseau
Qui jasent ensemble.

La fontaine (14). LVII.

Au souffle de la brise amène
S'est entr'ouvert
Le rideau de feuillage vert,
Et voici la fontaine !

Tableau. LVIII.

Elle croit peindre une aquarelle
La jeune fille au bord de l'eau,
Alors que rose, fraîche et belle,
Elle m'offre un joli tableau.

La révérence. LIX.

Le peuplier et le jonc
Que le vent balance,
Font la révérence, et font
Encore la révérence.

L'écorce de hêtre. LX.

Bien que nos amours soient passés,
Le temps n'a pas fait disparaître
Nos chiffres entrelacés
Sur l'écorce du hêtre.

Le pivert. LXI.

A coups de bec, le long du tronc,
Le pivert toque à la porte,
Non pour qu'on lui dise : Entrez donc !
Mais pour que l'on sorte.

La fourmilière. LXII.

D'un coup de pied, voilà
La fourmilière détruite ;
Les fourmis ont dit tout de suite :
Reconstruisons-la.

Le vieux chêne. LXIII.

Devant le chêne de Doré
Aux énormes branches,
Il fait un long calcul de planches,
L'industriel considéré.

Les rochers. LXIV.

Devant les rochers fantastiques,
Vous rêvez
Aux vagons de pavés,
O vous, les cervelles pratiques !

Les bruyères s'en vont. LXV.

Bruyères blanches et roses,
Vous n'êtes plus là, mes amours !
Mes regards tombent moroses
Sur des topinambours.

Le hêtre rouge. LXVI.

Honteux d'offrir un banc
A l'amour champêtre
Et la complicité du feuillage tombant,
Il est rouge, le hêtre.

Le boa. LXVII.

Affublée en juin d'un boa,
La rose a-t-elle la berlue ?
Ah !
C'est une chenille poilue.

La bave. LXVIII.

Le limaçon sur la rose suave
Se complaît, en l'outrageant
De sa bave,
Mais c'est une bave d'argent.

Les coquelicots. LXIX.

Avec le triomphe écarlate
De ses coquelicots,
La campagne au soleil, on dirait qu'elle éclate
En transports musicaux.

Parc en fleur. LXX.

Du joli parc en fleur
L'entrée est interdite ;
Mes yeux pourtant et mon nez renifleur
Lui font visite.

Le jet d'eau. LXXI.

Le jet d'eau s'élance en fusées
D'un mouvement continuel,
Et s'il ne peut atteindre au ciel,
Il retombe, du moins, en perles irisées.

La cascade. LXXII.

Virgules de la promenade,
Le pont, le rocher, le massif
Mènent au point exclamatif :
La cascade !

La jeune fille au jardin. LXXIII.

Parcourant le jardin avec le sécateur
Et la corbeille,
La jeune fille, ô merveille !
Quel monstre pour la fleur !

La libellule. LXXIV.

Mobile, fugace, elle craint
Que de nouveau l'homme ne vous l'accroche
En broche,
La libellule en rupture d'écrin.

Le nénuphar. LXXV.

Voici, belle au cœur fourbe,
Ton image sur l'étang,
Où glorieux, le nénuphar s'étend,
Avec sa tige dans la bourbe.

Le cinéma. LXXVI.

Même étendu dans la lande,
J'ai retrouvé le cinéma.
Nuageux, le ciel me charma
Par le déroulement sans fin d'une légende.

Poète au soleil. LXXVII.

Au soleil, comme une couleuvre,
Toisé du laboureur, le poète s'étend ;
Des deux hommes, c'est lui pourtant
Qui fait l'œuvre

Les framboises. LXXVIII.

La main pleine
De framboises m'embaumant,
Loin de toi, rêveusement
Je respirais ton haleine.

La prune verte (11). LXXIX.

A la petite Berthe
Qui fronce les sourcils,
On croirait de grands soucis.
Elle croque une prune verte

Le lys. LXXX.

Le sein du lys où réside
La pureté,
Comme il est visité
Par la cantharide !

L'étang mystérieux (12). LXXXI.

Nul bruit ne trouble le songe
Du mystérieux étang,
Sinon, par instant,
Une grenouille qui plonge.

Heure de la chauve-souris (13). LXXXII.

Heure de la chauve-souris.
Dans le crépuscule gris,
Le souffle d'un baiser qui passe
A fait tousser ma voisine d'en face.

Le matou. LXXXIII.

Dans la ruelle de légende
Guitarise un seigneur matou,
Fou
De son amie Yolande.

Roses dans la nuit. LXXXIV.

O nuit, vainement tu nous cèles
Les roses sous ton voile noir,
Leur parfum nous les fait revoir
Encore plus belles

Les hiboux. LXXXV.

Joël, Amos, Abdias et Jonas,
Hahacuc et Nahum ; ce n'est pas tout, hélas !
Hiboux, pendant la nuit vous faites
Hululer tous les prophètes.

Lumiere lunaire (14). LXXXVI.

Ma lampe est éteinte. Que faire ?
Mais voyant mon souci,
Voici
La lune ronde qui m'éclaire.

Entr'acte (15. LXXXVII.

Dix minutes d'entr'acte :
Repose un peu ton cou ;
Un nuage a voilé de sa gaze compacte
La lune tout à coup.

Le lac. LXXXVIII.

O lac d'argent, sans ride aucune,
Qui brilles dans la plaine, au soir,
Tu dis à la lune :
« C'est moi, ton miroir » !

La luciole. LXXXIX.

Petite lampe qui vole
Dans le feuillage indistinct,
Par ci, par là, la luciole
S'allume puis s'éteint.

Lune partie. XC.

Depuis que la lune est partie,
Le beau gazon moiré
N'est plus qu'un vilain pré
Où pousse l'ortie.

Jeune fille maigre (16). XCI.

Oui, je maigris et n'ai plus le teint rose,
L'été brûlant en est la cause.
En achevant ces mots,
L'amoureuse éclate en sanglots.

La grand'route. XCII.

Midi. Le soleil bout,
Quand serai-je au bout
De cette route blanche, morne,
Qui s'allonge de borne en borne ?

Le hochequeue. XCIII.

Précédé du hochequeue
Compagnon sautilieur,
J'abats d'un pas meilleur
La longue lieue.

Endroits habités. XCIV.

Des puanteurs stercoraires
Fusant de tous les côtés,
Nous approchons des endroits habités
Par les hommes, nos frères.

La boule de verre. XCV.

Tout heureux d'avoir mis
Dans son jardin, une boule de verre,
Il attend ses amis,
Le petit propriétaire.

Ruisseau de village. XCVI.

Le village et son ruisseau :
C'est-à-dire la loque aux ronces accrochée,
Le cadavre de chat, l'assiette ébréchée
Et l'éternel fond de seau.

Le vieux manoir. XCVII.

Voici sur la terrasse
Du vieux manoir qui m'a ravi,
Au lieu d'un seigneur à cuirasse,
Un Abraham Lévi.

Ville moderne. XCVIII.

Dans la ville moderne
Où le Progrès a placé
L'usine et la caserne,
Ah! que mon cœur est glacé!

Rue ouvrière. XCIX.

Tabac, liqueurs et bière,
L'estaminet après l'estaminet,
Pas une fleur n'ornait
Cette longue rue ouvrière.

Le cimetière. C.

Au bout de la cité de pierre,
Nous nous émerveillons
D'un endroit plein d'oiseaux de fleurs, de papillons ;
C'est là qu'on voudrait vivre, et c'est le cimetière.

Tombe princière (17). CI.

Dans ce fastueux monument,
A l'écart des morts anonymes,
Altesses Sérénissimes,
Vous pourrissez noblement.

Mots de la tombe. CII.

Cher époux, épouse chérie,
O les doux mots ! Rien n'est plus beau ;
Et qui les dit, je vous en prie ?
La pierre du tombeau.

Voyages. CIII.

Adieu le livre, adieu l'estampe !
Secoué par l'auto, l'express ou le steamer,
Je réclame l'Hiver
Et les beaux rêves sous la lampe.

Chambre d'hôtel. CIV.

Chambre d'hôtel,
La pendule au socle d'albâtre
Montre Guillaume Tell
Et toujours trois heures vingt-quatre.

La punaise. CV.

Elle vivote à l'aise,
Grâce à l'impôt du sang
Prélevé sur le passant,
Dame Punaise.

La petite ville. CVI.

Sous les tilleuls du cours
De la petite ville,
Chaque dimanche, avec les mêmes mots toujours,
Le même troupeau défile.

Au musée. CVII.

Elle n'est pas dans le musée
Pour Rubens ou pour Van Dyck,
La jeune femme amusée
Par un homme chic.

Plaisir d'Audenarde. CVIII.

La commère en tricotant,
A sa fenêtre regarde
S'évanouir parfois l'ombre d'un habitant.
Plaisir d'Audenarde.

Coin merveilleux. CIX.

De ce coin, où sous mes yeux.
Traînent le papier gras et le bout de saucisse,
De ce coin merveilleux
Joanne et Bædecker veulent qu'on s'ébahisse.

Le lac Léman. CX.

Comme il est gai, le lac Léman
Au décor de roman,
Mais sur ses bords, le calviniste.
Comme il est triste !

L'alpiniste. CXI.

L'alpiniste qui piaffe
Avec son feutre à plume et son bâton ferré,
Dit : Maintenant, je monterai
L'escalier du photographe.

Paris. CXII.

Paris, ô cité de débauche !
Gémit le clergyman qui fait les boulevards,
Avec des regards
A gauche, à droite, à droite, à gauche.

Venise. CXIII.

En dépit du haro,
Le barbare est à Venise,
Et sur la placette exquise
Il édifie un Spatenbrau.

Le mont Yoshino (18). CXIV.

Un ah ! ou bien un oh !
A la saison des fleurs, voilà la seule phrase
Que trouve l'homme en extase
Devant le mont Yoshino.

Roustchouk. CXV.

Roustchouk ! . . . On n'entend
Que ce nom de ville bulgare,
Dans cette salle de gare
Pleine de fumeurs crachotant.

Coin de grève. CXVI.

Avec le livre, l'amante,
Ou la douceur du rêve,
S'étendre dans un coin de grève,
Au murmure endormeur de la mer écumante.

Coquillage. CXVII.

Ce coquillage à mon oreille
Chantait merveille,
Poème non imprimé
De Stéphane Mallarmé.

Soir de la mer (19). CXVIII.

Le soir sur la mer descend :
De plus en plus paraît lointaine
La barque au filet qui traîne,
S'évanouissant.

Tempête (20). CXIX.

Brusque tempête,
Branlebas sur les eaux ;
Ils se cognent, perdent la tête
Les petits bateaux.

Vent. **CXX.**

Ah ! qu'il est énervant
Ce vertigo qui me tourmente !
Dit la toile de la tente
Qui claque et reclaque au vent.

La danse du vent. **CXXI.**

Caleçons et camisoles
Suspendus à la corde,
Au moindre coup de vent, miséricorde !
Quels fous et quelles folles !

Le chasseur. **CXXII.**

Le paisible notaire,
Quel héros !
Il a purgé la terre
D'une bande de perdreaux.

Le pêcheur. **CXXIII.**

Comme il a bien profité
Du beau dimanche,
Le pêcheur qui retourne au logis, éreinté,
Avec une tanche !

Le noyer. CXXIV.

Noyer, bien que tu dises
Que les hommes sont des fripons,
Aux coups de gaules, tu réponds
Par des friandises.

Le sorbier. CXXV.

Plein de corail, sorbier chéri,
Viens-tu de Naples ou de Rome ?
Et faut-il que l'on te nomme
Sorbieri ?

Le dahlia. CXXVI.

Dans la turpitude des flaches
Que deviens-tu,
Dahlia, lorsque tu lâches
Ton piquet de vertu ?

La vigne. CXXVII.

L'astragale d'un beau paraphe
Déroulé le long du mur,
Au trait sûr
On reconnaît La Vigne, artiste calligraphe.

Sous le tilleul. CXXVIII.

Sous le tilleul où nous rimes,
Couple enlacé,
Ton souvenir m'a laissé
Une guirlande de rimes.

Les cloportes. CXXIX.

J'ai soulevé l'Amour moussu
Qui gisait sur des feuilles mortes,
Et j'ai lâché le bloc, déçu
De n'éveiller que des cloportes.

Départ d'hirondelles. CXXX.

Hélas ! que nous annoncent-ils
Ces fils parallèles
Du télégraphe, ces fils
Ponctués d'hirondelles ?

Les grues. CXXXI.

Il grince dans les nues,
Pointant vers le Midi rêvé,
Cet immense V
Formé de grues.

Les corneilles. CXXXII.

Mélancolique saison
Où tu regardes
Tant de points noirs à l'horizon...
Corneilles criardes.

La grive. CXXXIII.

L'hiver arrive,
Flûte avec un coup de bec
Sur le dernier raisin tout sec,
La dernière grive.

Petit ruisseau. CXXXIV.

Petit ruisseau sous le taillis,
Tu me chantes
Toujours le même gazouillis,
Mais les phrases toujours me semblent différentes.

Le brouillard. CXXXV.

Peintre anémique,
Vaguement d'un pinceau flou,
Le brouillard m'indique
Un je ne sais trop quoi de je ne sais plus où.

Les chrysanthèmes. CXXXVI.

Novembre a mis à mal les roses du jardin,
Mais sensible à nos anathèmes,
Il nous montre que c'est afin
De faire place aux chrysanthèmes

L'ouragan. CXXXVII.

Bouleau, sapin, hêtre ou chêne,
Tumultueusement font entendre leur voix ;
Les arbres ne sont plus de bois
Lorsque l'ouragan se déchaîne.

Les épines. CXXXVIII.

Plus rien que des épines
Cruelles aux doigts,
Dans ce buisson où jouait autrefois
Un pensionnat d'églantines.

Le geai. CXXXIX.

Il sait toujours être
A distance du fusil,
Le geai volant de chêne en hètre,
Qui crie à l'homme : Viens-y !

Le poirier. CXL.

Il pleure un feuillage parti
Le poirier aux branches noires,
Et, décati,
Laisse tomber deux grosses poires.

Le peuplier. CXLI.

Le peuplier a des feuilles encore,
Mais au moment
Où l'automne les dore,
Ce sont des sequins pour le vent.

Tapis d'Orient. CXLII.

Feuilles bariolées,
Au mélange riant,
Vous faites dans les allées
L'étalage annuel des tapis d'Orient.

Feuilles mortes. CXLIII.

Soleil éteint, fêtes finies ;
Au gré du vent
Se poursuivant,
Tourbillonnent des agonies.

Le ruisseau rouge. CXLIV.

Je suis innocent,
C'est l'automne le coupable,
Murmure sous l'érable,
Le ruisseau qui roule du sang.

Vêtement d'or CXLV.

Avant que l'hiver ne le frappe,
Il exige un beau décor,
Le chêne, comme un satrape,
Habillé d'or.

Manteaux de paille. CXLVI.

Dans le parc dénudé que la bise tenaille,
Les nymphes ne badinent plus,
Ni les amours joufflus,
Sous leur triste manteau de paille.

Le poisson rouge. CXLVII.

Le souvenir me fait mal
De ma villa close, où seul bouge,
Dans le spleen du bocal,
Le petit poisson rouge.

Le platane. CXLVIII.

Platane dénudé
Qui t'effiloches,
Tu me dis : As-tu regardé
Mes belles floches ?

Le nid de pie. CXLIX.

Décembre est venu,
Plus un oiseau ne pépie.
Au sommet du peuplier nu
Se balance un nid de pie.

Eau-forte. CL.

Désire-t-il qu'un Renoir
Devienne aquafortiste,
L'arbre, squelette noir
Sous un ciel triste ?

Rivière dans la neige (21). CLI.

Long, long,
Le ruban grisâtre de soie
Que la rivière déploie
Dans la neige du vallon.

Paysage d'hiver. CLII.

Le ciel, au crépuscule, est tout rouge de froid ;
Autour de l'arbre gris, dans la campagne blanche,
Un corbeau tourne, et puis, sur une branche
Tombe droit.

Prunier dans la neige. CLIII.

Grands dieux ! porterais-je
Des fruits hivernaux ?
Dit le prunier dans la neige,
Chargé de moineaux.

Le rouge-gorge. CLIV.

Sur ma main,
O rouge-gorge, tu jettes
Un tel regard de faim,
Qu'elle tombe en miettes.

Dix degrés sous zéro. CLV.

Dix degrés sous zéro !
Faut-il que j'en soupire,
Lorsque j'admire
Des fougères au carreau.

L'étang gelé. **CLVI.**

Plus une place
Pour les pauvres canards,
Sur l'étang pris par la glace
Et les marmots criards !

Le feu. **CLVII.**

Feu, ne sois pas endormi,
Je veux causer, seul dans ma chambre,
Avec toi, mon meilleur ami
En ce soir de décembre.

Jaunisse. **CLVIII.**

Le Cupidon de marbre, blanc et lisse,
Aujourd'hui,
Avec la neige autour de lui,
Quelle jaunisse !

Noël. **CLIX.**

Noël, Noël,
Dit le chrétien, la panse en joie ;
Cruel, cruel,
Ont répondu la dinde et l'oie.

Soir de janvier. CLX.

Soir de janvier ;
Faust m'appelle au théâtre,
Mais je me laisse convier
Par Goethe, au coin de l'âtre.

Vision. CLXI.

Nymphes au fond d'un jardinet
Vont se baigner dans la fontaine :
La vision charmante n'est
Que sur un plat de porcelaine.

La souris. CLXII.

Je me rendors...
Chaque fois me réveille
La trottante souris, pareille
Au remords.

Le rat. CLXIII.

Xénophon, Platon, Aristote,
Quels cerveaux !
En effet, quels chers veaux !
Pense le rat qui les grignote.

Dessin de papier peint. CLXIV.

Ce cacatois sempiternel
Sur une même branche à la même cerise,
Multiplié de la plinthe à la frise,
Dans ma fièvre, je deviens tel.

Insomnie. CLXV.

Cent trois, cent quatre, cent cinq....
Mon insomnie écoute
La goutte après la goutte
Tomber dans le bassin de zinc.

Le pétale d'une rose. CLXVI.

Dans le noir silence du soir
Chambre close qui se repose...
Sur le guéridon, j'entends choir
Le pétale d'une rose.

Oiseau Tristesse. CLXVII.

Oiseau Tristesse,
Vrai pigeon voyageur,
Pourquoi reviens-tu sans cesse
Au colombier de mon cœur?

Sommeil. CLXVIII.

Sommeil, je t'en convie,
Dans tes bras presse-moi bien fort,
Et soulage-moi de la vie,
Sans pourtant me donner la mort.

Le chat. CLXIX.

A cause du chat qui ronronne,
Les yeux mi-clos, le dos tout rond,
Sur mon giron,
Puis-je me lever, si l'on sonne ?

Le chien. CLXX.

Peiné d'être vieux,
Le pauvre chien que la dartre dévore,
Interroge mes yeux
Pour savoir si je l'aime encore

La quenouille (22). CLXXI.

Quenouille, je suis auprès
D'une vieille à tête blanche,
Vers laquelle je me penche
Pour lui dire mes secrets.

Papier blanc. CLXXII.

Sur ma table s'étalant,
Elle m'excite à l'ouvrage,
Et veut devenir page
La feuille de papier blanc.

Le journal. CLXXIII.

Journal infâme,
Destructeur de la forêt :
La feuille verte disparait
Pour la feuille de réclame.

Le reporter. CLXXIV.

L'accident de chemin de fer,
Les morts, les blessés, l'épouvante,
Voilà pour le reporter
Trente-deux francs cinquante.

Le pamphlétaire. CLXXV.

Elle n'est plus de mode
La flèche de Rivarol,
Dit le pamphlétaire qui rôde
Avec du vitriol.

Le bibliophile. CLXXVI.

Avec son pardessus bourré
D'in-octavo sur des in-douze,
Non vu par l'épouse,
Furtif, le voilà rentré.

L'archéologue. CLXXVII.

Riche de crasseux débris,
Archéologue, tu vas faire
Le volume somnifère
Auquel l'Institut donne un prix.

Sparadrap. CLXXVIII.

Ce cheval galopant sur le chemin durci
Porte sans doute un Esculape,
Car je n'entends que ceci :
Sparadrap, sparadrap, sparadrap, sparadrap !

Le chirurgien. CLXXIX.

Le grand chirurgien
T'envoie au Paradis pour dix billets de mille,
Mais si tu ne lui donnes rien,
Tu resteras sur la terre, imbécile !

Convalescence (23). CLXXX.

Ma guérison est là, tout près,
O Nature, si tu m'aides,
Mais ce que je voudrais,
C'est guérir de mes remèdes.

Le dentiste. CLXXXI.

Fût-il un singe, un âne, un porc,
Il veut que tout homme
Devienne un Chrysostome,
Le dentiste de New York.

Le conférencier. CLXXXII.

Il faut se taire et s'asseoir :
Sur mon derme psychologique
Le conférencier applique
La lame du rasoir.

Les sermons. CLXXXIII.

Ils donnent une secousse
Non pas au cœur, mais aux poumons,
Les longs sermons
Où tout le monde tousse.

Ruy Blas. CLXXXIV.

Il aime la comtesse, hélas !
Et lui sert le homard d'un geste pathétique.
Le domestique
Qui vient d'entendre Ruy Blas.

L'Élite. CLXXXV.

L'homme au beau gilet s'arrêta,
Prosterné devant l'élite :
Le Yankee, le rasta
Et la famille israélite.

L'orchestre tzigane. CLXXXVI.

Ah ! comme il comprend
L'orchestre tzigane
Qui racle du Strauss et du Ganne,
Le beau monde du restaurant !

Plumes et aigrettes. CLXXXVII.

Ces jolis chapeaux ornés
De plumes et d'aigrettes,
Combien font-ils de charrettes
D'oiseaux exterminés ?

La dame au chien. CLXXXVIII.

Les yeux vers l'azur,
L'élégante s'arrête et rêve,
Chaque fois que son carlin lève
La patte contre un mur.

Chapeau officiel. CLXXXIX.

Tout le temps le chapeau de soie
Descend, monte et redescend,
Lorsque la République en joie
Acclame son Président.

Les courses. CXC.

Honey Moon, Réséda, Pituite,
Job, Casoar, Rigolo;
Vous nous faites hurler des vocables sans suite,
Chevaux à tout galop!

Le sportman. CXCI.

Brimbalant de tout le corps,
Le pied-bot se précipite
A sa lecture favorite :
Le Journal des Sports.

Les grand'mamans. CXCII.

Bien que jaunes et fanées,
Vous êtes, ô grand'mamans,
Délicieuses en dedans,
Calvilles ratatinées.

Le pauvre (24). CXCIII.

Joseph, cours vite : on sonne :
Il pleut, il grêle, il tombe des cailloux.
Oh ! Monsieur, rassurez-vous,
C'est un pauvre, ce n'est personne.

La mendiante. CXCIV.

La mendiante se retire
Avec des sanglots
Et le gentil sourire
Du môme à son dos.

Souvenir. CXCV.

Au portrait du mari
Triste, a souri
La vieille en deuil, avant de faire
Son repas solitaire.

Le pochard. CXCVI.

Après un pas de gigue et de nombreux saluts,
Le pochard dit : Mon frère,
Je ne te quitte plus,
En s'accrochant au réverbère.

L'écolier. CXCVII.

L'écolier au tableau noir
Obligé de refaire un éternel devoir,
Répond au magister revêche
Par la crissante craie et par l'éponge sèche.

Le marbre. CXCVIII.

Du bloc de Carrare
Quel héros, quelle beauté rare
Va-t-il surgir, délice de nos yeux?
— Une redingote, Messieurs.

La boîte aux lettres. CXCIX.

Rouge, bleue ou verte,
Jour et nuit, par tous les temps,
Boîte aux lettres, tu nous attends,
Bouche ouverte.

Le rond-de-cuir. CC.

Que de gens au treillage !
Avant de les servir,
Le rond-de-cuir
S'impose un gribouillage.

L'orgue de Barbarie. CCI.

Ce long miserere
Pleuré
Par l'orgue de Barbarie,
L'entendrai-je toute ma vie ?

Le divan. CCII.

L'amour aux doux transports,
Quelle agaçante réplique
Lui donne avec ses vieux ressorts
Le divan méphistophélique !

Le miroir. CCIII.

Lorsque le printemps rayonne
De jeunesse et d'espoir,
Cruel miroir,
Tu me montres l'automne !

Le parapluie. CCIV.

Il s'affale comme un poivrot
Au fond du corridor qu'il mouille,
Le parapluie ayant bu trop
De Château-Grenouille.

La brouette. CCV.

Elle t'aime beaucoup, elle t'aime beaucoup,
Me dit la brouette qui passe,
Mais au retour, elle croasse :
Tords-lui le cou, tords-lui le cou.

Les souliers. CCVI.

Ah ! la furie
Qu'ont mes souliers criards
D'attirer les regards !
Et je dois traverser la longue galerie

Le drapeau. CCVII.

Réveillé,
Le drapeau veut quitter la chambre,
Pour être au balcon déployé.
Onze Novembre.

L'araignée et le captif. CCVIII.

Travaille comme moi, sans larmes inutiles,
Dit l'araignée au captif.
Et celui-ci répond plaintif :
Mais toi, tu files !

Le hareng saur. CCIX.

Dirai-je : Le détestable
Hareng saur !
Quand il met sur ma table
Rembrandt, son mystère et son or.

La mandarine. CCX.

Elle fait croire que l'on dîne
Entre Flamands et Wallons,
La mandarine
Lanceuse de postillons.

La veuve. CCXI.

C'était le soir,
Et voici l'aube :
La jeune veuve a laissé choir
Sa robe.

Le vêtement. CCXII.

J'habillai la pauvre fille
Dont le froid cinglait la chair ;
Je paie à présent bien cher
Pour qu'elle se déshabille.

Jalousie. CCXIII.

Faut être folle
Pour se fagoter comme ça !
Dit la guenon en camisole
Quand la belle fille passa.

Sœur et frère. CCXIV.

Ses regards disent : « C'est pour
L'ami qui passe »,
Tandis qu'elle embrasse
Son petit frère avec amour.

L'absence. CCXV.

Cruel ! je me consume en pleurant ton absence,
Et c'est au petit doigt
Que doit
Se porter maintenant ma bague d'alliance.

Psst ! CCXVI.

Elle me lance un Psst !
Par la porte entre-baîllée
La Carmen maquillée
Du grand Dix-Huit.

Le saule (25). CCXVII.

A ma véranda, tu te penches
Vers le passant rieur ;
Dans mon jardin aussi, c'est à l'extérieur
Que le saule incline ses branches.

Baîllement. CCXVIII.

Aux rengaines dont l'assaille
L'amoureux allumé d'espoir,
Ce n'est pas la femme qui baîlle,
C'est son peignoir.

Maison-prison. CCXIX.

J'étais dans ma maison ;
Entrez, dis-je à l'inconnue.
La femme est venue.
Je suis dans sa prison.

La mante religieuse. CCXX.

Amie, ô pourquoi,
Bien que loin d'être pieuse,
Deviens-tu pour moi
La mante religieuse ?

Pleurs sur l'amour (26). CCXXI.

Si je ne pouvais plus répandre
Des pleurs sur mon amour en feu,
Mon cœur brûlé sous peu,
Mon pauvre cœur ne serait qu'une cendre.

Homéopathie. CCXXII.

Pour guérir mon cœur, j'appelai
L'homéopathie à mon aide :
L'amour l'avait tout mutilé ;
L'amour empêche qu'il décède.

Noms d'animaux. CCXXIII.

Mon coq, mon loup, mon rat, mon ouistiti,
Tu me dis tout cela sous mes lèvres en fête.
Hé ! je sais bien, sapristi !
Qu'en t'aimant je suis une bête.

Mourir d'amour (27). CCXXIV.

D'un ton navré
Tu ne cesses de me dire :
Je meurs d'amour, pour toi j'expire.
Meurs tout de bon ; je te croirai.

La belle pensive. CCXXV.

L'air tragique, comme au théâtre,
Didon, Lucrèce ou Cléopâtre,
Elle pense à ses pantalons
Trop longs.

L'actrice. CCXXVI.

L'actrice aux airs séduisants,
Au point du jour, qu'elle est vilaine !
Teint jaune, mauvaise haleine,
Cinquante-trois ans.

Bas-bleu. CCXXVII.

O femme, des Muses chérie,
Tu connais tout, c'est merveilleux,
Mais ce que tu comprends le mieux,
C'est la polyandrie.

Désordre. CCXXVIII.

Quel désordre dans mes cheveux !
Plus un ruban, plus un peigne.
Hélas ! dans mon cœur règne
Un désordre bien plus affreux.

L'ami. CCXXIX.

Dans la foule haïssable
Je n'ai pas vu l'ami rêvé,
C'est dans un désert de sable
Que je l'ai trouvé.

Nulle paix. CCXXX.

Nulle paix en ce monde,
Et même sous le couvert
De la forêt profonde,
Je suis importuné par la plainte du cerf.

Les heures. CCXXXI.

Les heures, longues, ô combien !
Douleur d'une autre suivie,
Toutes ces heures font la vie
Qui dure moins que rien.

Tapis de mousse. CCXXXII.

Sur un tapis de mousse, à l'ombre,
Je disais : Vivre est doux,
Lorsque j'y découvris des insectes sans nombre
S'entre-déchirant comme nous.

La tour. CCXXXIII.

Dans la ténébreuse escalade
De la tour aux degrés étroits,
Un trou d'azur me ranime parfois
D'une œillade.

Le pigeon (28). CCXXXIV.

Trouvant la barque trop petite,
Le pigeon s'éleva dans l'air,
Mais quant il vit la mer, l'immense mer,
Comme il se rejeta dans sa barque au plus vite !

L'infini. CCXXXV.

Castor, Vénus, la Lyre, la Grande Ourse,
L'Infini,
Palpite sous mes yeux, dans le miroir uni
D'une source.

Condamnés à mort. CCXXXVI.

Jour de fête. La foule sort,
La foule passe et repasse.
Je vois des condamnés à mort
En masse, en masse.

Champ de bataille. CCXXXVII.

Que la terre est féconde
Où le sang des hommes coula !
On peut exterminer le monde,
La vie est toujours là.

Le vautour. CCXXXVIII.

Ah ! comme je voudrais
Que sa peine fût finie !
Dit le vautour auprès
Du cipaye à l'agonie.

Les corbeaux. CCXXXIX.

C'est trop de cadavres d'hommes,
Croassent les corbeaux,
Nous sommes lourds, nous sommes
Lourds comme des tombeaux.

La bête humaine. CCXL.

Traqués par la bête humaine
Enfin, les pauvres gens
Respirent dans la forêt pleine
De tigres et de serpents.

L'ennemi. CCXLI.

Sur sa couche funéraire
Pour toujours endormi,
Je regarde mon ennemi
Et je reconnais un frère.

Les sages. CCXLII.

Ces sages qui ne meurent pas
Et qui guident nos pas
A travers les âges,
On dirait maintenant qu'ils vont mourir, ces sages.

L'âme et le corps (29). CCXLIII.

Ame tombée au fond d'un corps étrange,
Parmi le sang, l'urine et l'excrément,
Quand et comment
Sortiras-tu de cette fange ?

Rien. CCXLIV.

Rien, tout ce que l'on voit ; rien, tout ce que l'on pense ;
Rien, tout ce que l'on fait ; rien, le mal et le bien ;
Tout est rien dans ce monde immense
Qui, lui-même, n est rien.

La prière. CCXLV.

La prière qui s'en va
De ma plaintive bouche,
Ne touche pas Jéhovah,
Mais elle me touche.

Le sphinx. CCXLVI.

Après avoir interrogé
Le sphinx pendant sa vie entière,
Découragé,
Le vieillard a repris l'enfantine prière.

Les ruines (30). CCXLVII.

Au milieu de ces ruines
Où tout parle de mort,
Voici le réconfort :
Un mur tout fleuri d'églantines.

Lectures. **CCXLVIII.**

J'ai lu le livre après le livre ;
L'entretien fut amusant ;
Je songe à présent
Qu'il me faut vivre.

Le monde (31). **CCXLIX.**

Ordure et boue,
O monde dégoûtant,
Ce n'est pas moi qui te loue ;
Mais pourtant...

TEXTES IMITÉS

1. **Le papillon.**

Un pétale tombé
Remonte à sa branche :
Ah ! c'est un papillon.

ARAKIDA MORITAKE (XVIe siècle).
Traduction Couchoud.

2. **Les violettes.**

Sur la lande printanière,
Pour cueillir des violettes,
Je me suis aventuré.
Son charme me retint tellement
Que je suis resté jusqu'au matin.

AKAHITO (VIIIe siècle).
Traduction Aston.

3. **Le crapaud.**

Les deux mains par terre,
Le crapaud
Va vous dire une outa.

SOKAN (XVIe siècle).
Traduction Couchoud.

4. **L'hôtellerie.**

La nuit me surprend
Je vais sous l'arbre
Trouver l'auberge.
Les fleurs du cerisier
Seront mes compagnes.

TAIRA NO TADANORI.
d'après la traduction de K. Florenz.

5. **Le petit canard.** Il a l'air tout fier
D'avoir vu le fond de l'eau,
Le petit canard.

JOSO (XVIIe siècle).
Traduction Couchoud.

6 et 7. **Le paon et la queue du paon.**

Voir *Histoires Naturelles* de Jules RENARD.

8. **La clématite.** J'admets
Que je vous sois odieux,
Mais l'oranger en fleurs
Qui croît auprès de ma demeure,
Réellement, ne viendrez-vous pas le voir ?

Extrait du MANYOCIOU.
H. DAVRAY,
d'après la traduction Aston.

9. **La branche de glycine.**

Comment oserai-je enlever
Le liseron autour de la corde du puits ?
Je dois demander de l'eau à un voisin.

La poétesse CHIYO (1703-1775),
d'après la traduction W. Porter.

10. **La fontaine.** La brise souffle gentiment
Et écarte le feuillage de l'été,
Pour montrer la fontaine.

TOYŪ,
d'après la traduction W. Porter.

11. **La prune verte.**

La prune verte
A fait froncer les sourcils
De la jolie fille.

Haïkaï du XVIIe siècle.
Traduction Couchoud.

12. **La vieille mare.**

Une vieille mare
Et quand une grenouille plonge,
Le bruit que fait l'eau...

BASHÒ (XVIIe siècle).
Traduction Couchoud.

13. **Heure de la chauve-souris.**

Heure des chauves-souris...
La voisine d'en face
M'a lancé une œillade.

BUSON (XVIIIe siècle).
Traduction Couchoud.

14. **Lumière de lune.**

D'huile manquant,
Couché la nuit. Ah !
La lune à ma fenêtre.

BASHÒ.
Traduction Revon.

15. **Entr'acte.**

Les nuages de temps en temps,
Me font reposer le cou
Tandis que nous contemplons la lune !

BASHÒ.
Traduction Revon.

16. **La jeune fille maigre.**

C'est l'été qui m'a fait maigrir !
Mais en disant cela
Elle éclate en sanglots.

KIKIN (XVIIIe siècle).
Traduction Couchoud.

17. **Tombe princière.**

Dans ce riche tombeau
Resplendissant de marbre et d'or,
Le noble Odalise
Séparé du bas peuple,
Pourrit noblement.

Luciano MONTASPRO, marquis Ludovico MERLINI
(1805-1888).
Traduction Paulucci di Carboli.

18. **Le mont Yoshino.**

Ah ! Ah !
C'est tout ce qu'on peut dire
Devant les fleurs du Yoshino.

TEISHITSU (XVIIe siècle).
Traduction Couchoud.

19. **Soir sur la mer.**

Un bateau et son filet
Qui s'évanouissent dans l'ombre.
Fraîcheur du soir.

BUSON.
Traduction Couchoud.

20. **Tempête.**

Voilà l'averse !
Ils perdent la tête
Les petits bateaux.

SENNA.
Traduction Couchoud.

21. **Rivière dans la neige.**

Longue, longue.
La ligne solitaire d'une rivière
Dans la lande couverte de neige.

École de BASHÔ.
Traduction de Couchoud.

22. **La quenouille.** Voir P. LOUYS, chanson de Bilitis : La Quenouille.

23. **Convalescence.** D'après MONTASPRO, Epigrammes, traduction Paulucci di Carboli.

24. **Le pauvre.**

Lise, il me semble qu'on frappe à la porte...
Va vite.
La bonne court et revient.
— Il n'y a personne. C'est un pauvre.

D'après MONTASPRO, Epigrammes.

25. **Le saule.** D'après TIKANGUÉ, Poèmes de la Libellule, par Judith Gautier.

26. **Pleurs sur l'amour.**

Si je n'avais pas de larmes,
L'ardeur de mon amour
Aurait depuis longtemps brûlé mon cœur.

TSOURA-YOUKI (Les Poèmes de la Libellule).

27. **Mourir d'amour.**

Siempre me va V. diciendo
Que se muera V. por mi :
Muérase V. y lo veremos
Y despuès dire que si.

Quatrain espagnol, servant d'épigraphe à la « Femme et le Pantin » de Pierre LOUYS.

28. **Le pigeon.** Un oiseau, s'envolant soudain d'un navire, s'éleva dans les airs, mais lorsqu'il vit la mer immense, il se rejeta dans le vaisseau.

SEHÂBI (La Roseraie du Savoir).

29. **L'âme et le corps.** Cette âme qui est tombée dans l'intérieur d'un corps étrange, au fond d'un abîme de sang, d'excrément et d'urine, quand donc sera-t-elle délivrée ?

BAGHAVATA-PURANA.
Traduction d'Eug. Burnouf.

30. **Les ruines.**

Plein de souvenirs,
Je suis monté dans les ruines :
Églantines en fleurs !

BUSON.
Traduction Couchoud.

31. **Le monde.**

Ce " monde de rosée „
N'est, certes, qu'un monde de rosée !
Mais tout de même. . . .

ISA (XVIIIe siècle).
Traduction Couchoud.

TABLE

Achevé d'imprimer sur les presses
de la Maison DESOER
à Liége, le 29 Janvier 1921.

www.ingramcontent.com/pod-product-compliance
Ingram Content Group UK Ltd.
Pitfield, Milton Keynes, MK11 3LW, UK
UKHW020944180726
13838UKWH00003B/1106